Mi Abuelito y Yo

Por Barbara M. Wolff

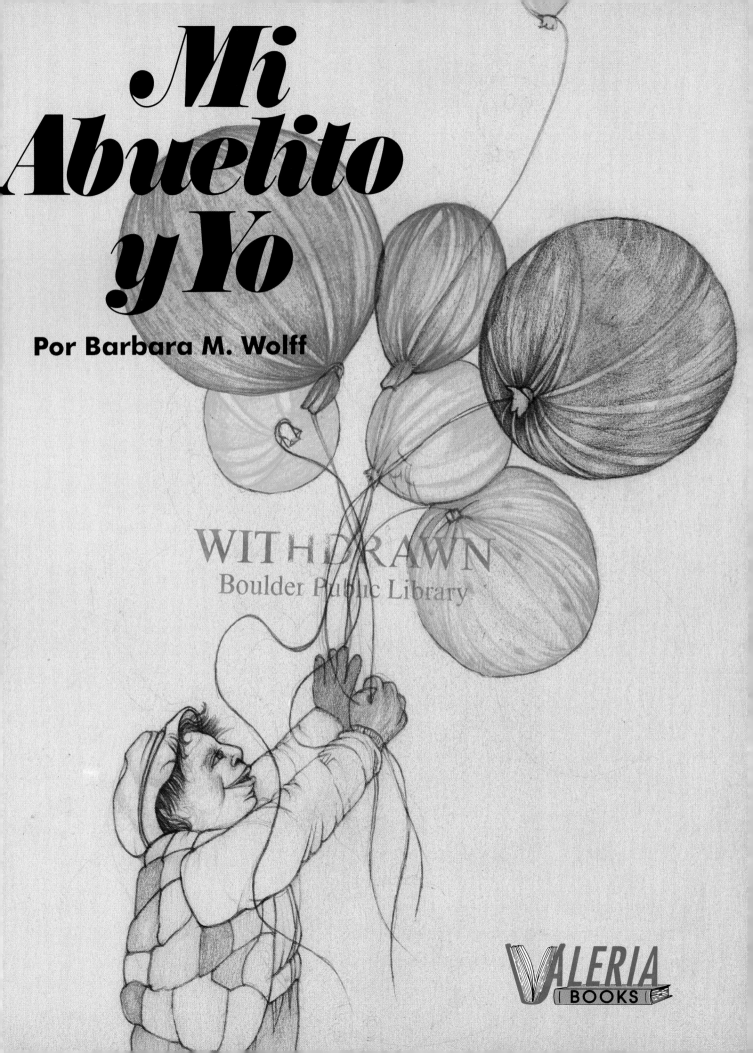

VALERIA BOOKS

MI ABUELITO Y YO por Barbara M. Wolff
Editorial: W. W. Publishers, Inc.
Fort Lee, New Jersey

Library of Congress Catalog-in-Publication Data
ISBN 1-879567-12-1

Hoy vamos a pasear por
la ciudad.

Abuelito me enseña todas
las tiendas.

El frutero es amigo
de mi abuelito.

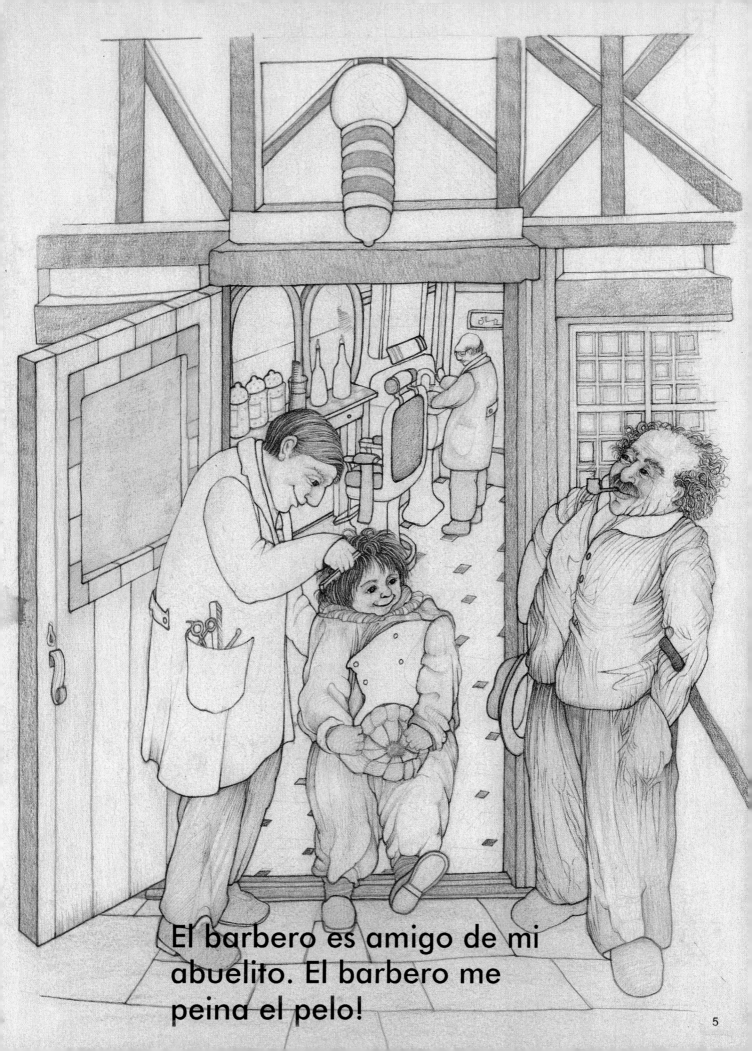

El barbero es amigo de mi
abuelito. El barbero me
peina el pelo!

5

El carnicero es amigo de mi abuelito.

Después, fuimos a visitar al bombero.
El bombero también es amigo de
mi abuelito!

Al fin, entramos en un restaurante para comer y descansar de tanto caminar.

Antes de regresar
a la casa fuimos
a una juguetería.
Abuelito me regaló
un cochecito
para mi colección!

9

Abuelito compra
flores de la
florista para
mi abuelita.

Mi abuelito y yo
pasamos un día
muy feliz juntos.
Somos tan
buenos amigos!

11

FAMILIA

* ¿Qué hace el abuelo para enseñarle a su nieto que él lo quiere mucho?

* ¿Cómo sabes que el abuelo esta muy orgulloso de su nieto?

AMIGOS

* ¿Cómo sabes que el abuelo es amigo con tantas personas?

* ¿Qué enseña el abuelo a su nieto sobre la amistad?

COMUNIDAD

* ¿Cómo sabes que la ciudad que visitan el abuelo y su nieto es una comunidad?

* ¿Es tu comunidad muy diferente a la que el abuelo y su nieto visitan? Cómo?

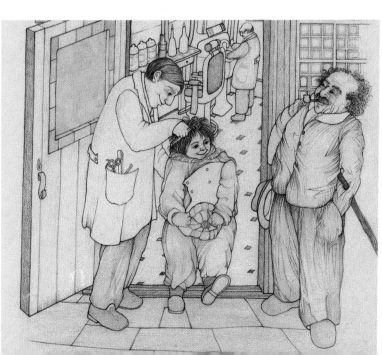